나는 다른 種을 잉태했다

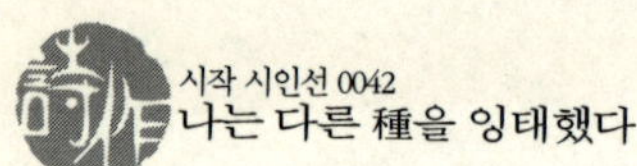

시작 시인선 0042
나는 다른 種을 잉태했다

찍은날 ｜ 2004년 3월 25일
펴낸날 ｜ 2004년 3월 30일

지은이 ｜ 채필녀
펴낸이 ｜ 김태석
펴낸곳 ｜ 천년의시작
등록번호 ｜ 제300-2002-186호
등록일자 ｜ 2002년 5월 16일

주소 ｜ 서울 종로구 내수동 1번지 대성빌딩 504호(우 110-070)
전화 ｜ 02-723-8668
팩스 ｜ 02-723-8630
홈페이지 ｜ www.poempoem.com
전자우편 ｜ webmaster@poempoem.com

ⓒ채필녀, 2004. printed in Seoul, Korea
ISBN 89-90235-41-3

값 6,000원

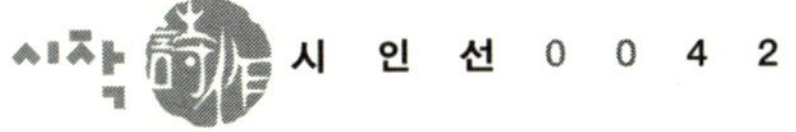 시 인 선 ０ ０ ４ ２

나는 다른 種을 잉태했다

채필녀 시집

2004

自 序

詩가 나를, 너무 후벼팠다

남은 生이 없다

있다면, 붓꽃박물관을 세우는 일
세상의 붓꽃이란 붓꽃은 다 훔쳐다
보랏빛 내 무덤을 만들 것이다.

I

꽃창포 웃다

보라색 꽃창포를 꺾으러
산에 들어갔다가
작은 송충이한테 팔뚝 쏘이고
혼비백산,
가위를 던지고 도망쳐 왔다
이튿날
가위를 찾으러 갔더니
녹슨 내 가위 옆에
금가위 은가위가
나란히 놓여 있었다
조금 더 옆에
보라색 꽃창포가 기차게
웃고 있었다

눈물샘 터지다

눈가에 종기가 났다
눈물샘을 건드렸군요
짜내는 방법도 있지만 재발할 수 있으니
뿌리를 도려내야 해요
칼날이 살을 긋는다
예리한 지느러미가 달린 물고기처럼
번뜩이는 칼이
눈물샘을 휘저어 내려간다
수초 같은 속눈썹이 파르르 떨린다

참았던 눈물이 펑펑 쏟아진다
샘 바닥에 고인 유년의 눈물
한 번도 흘려본 적 없는 자존의 눈물
차가운 얼음덩이로 얼어붙은 눈물
오래 전 샘의 근원에서 나왔으나
가슴을 적시지 못한 눈물,
몸 밖으로 나오려고
제 살 솟구쳐 올리고 있던
수술대 위의 저 피고름 덩어리들,

저게, 저게 그동안 참았던 눈물이에요?

의사는 텅 빈 눈물샘에 칼을 자꾸 빠뜨린다

저 청딱따구리,

아니, 저 날개 달린 날짐승과
뿌리 달린 산짐승 흘레붙는 것 좀 봐
청딱따구리 겁도 없이
떡갈나무 아랫배를 찍어대는 거 봐
떡갈나무, 둥글게 감추었던 겹겹의 길을
헤프게 열어주는 거 봐
잔가지들 맥없이 힘 빠지는 거 봐
이파리들 허옇게 단내 뿜어대는 거 봐
딱딱딱딱 저 소리에
숲 전체가 방광이 터질 듯 부푸는 거 봐
진저리치며 다리 꼬는 거 봐
계곡물 얼음 깨고 쏟아지는 거 봐
깊숙이, 온 생애의 나이테 한가운데
알 까는 거 봐

내 엄마의 자궁 안에 회오리바람이 몰고 들어간 수억의
홀씨 중 하나가 착상되어 민들레가 피고 하얀 냉이꽃이
피었다 흠뻑 달빛에 취해 허물어질 때마다 후투티가 날
고 염소가 무릎을 꺾으며 뛰어나왔다 산고도 없이 내가
미끄러졌다

나는 매일 모래의 은빛 솜털과 교미하고 흔들리는 꽃잎
속 젖은 수술과 교미하고 떨어지는 별똥별의 마지막 빛
살과 교미한다 저것들, 들판의 저것들, 숲속의 저것들,
바다의 저것들, 하늘의 저것들, 모두 나와 놀아난 잡종들
이다

벌에 쏘이다

슬쩍 스쳤을 뿐인데
벌의 침이 손가락 깊숙이 박혔다

벌이 땅바닥에 나가떨어져 파르르 떨고 있다
한평생 품었던 독을 풀어내고
죽어가고 있다
날개로도 심장으로도 피로도 네게 갈 수 없어
전 생애의 꿀을, 꽃가루를, 향기를
침 끝으로 요약한,

독이 내 몸에 들어와
수백 가지 달콤한 꿀로 풀어지고 있다
솜털 끝에 꽃가루가 맺히고 있다
정오의 꽃밭이 펼쳐지고 있다
뜨거운 기운이 등줄기를 타고 미끄러진다
마른 우물이 찰랑거리고 있다
약이 되고 있다

온몸이 쑤시고 열이 오른다
너의 숨결이 내 입으로 나온다

너의 생애가 내 목숨과 섞이고 있다
내 몸에서 살아나고 있다

오월의 들판을 걷는다
내 등 뒤로 네 그림자가 푸른 발자국을 찍으며
따라온다

소름끼치는 여자

나는 보통사람들보다 자주 소름이 돋는다 춥거나 겁에
질렸을 때, 슬픔으로 흐느낄 때나 기쁨으로 감동받았을
때 순식간에 굵은 소금을 뒤집어 쓴 여자처럼 변해버린
다 가슴이 벅차올라 심장이 달아오를 때 미처 감당하지
못한 뜨거운 알갱이가 살갗을 밀어내며 솟아오른다

구름 한점 없는 높은 하늘은 아니에요
너무 멀어 하늘색으로 잠들어 있는 산도
품에 안길 듯 들여다보이는 동산도 아니에요
빛나는 햇살에 참을 수 없이 뒤집히는 숲
파도가 부서져 쌓인 모래언덕, 거기
춤추듯 이어진 굴곡을 보면

나는 보통사람들보다 까맣고 큰 젖꼭지를 갖고 있다 자
고 있을 때나 무심할 때나 언제나, 온몸에 숨어 있는 소
름이 두개의 젖꼭지로 집약되어 있다

낫질하는 여자

나는 낫질을 하네 하릴없이, 하다보면 신명이 나네 잘 자
란 풀, 땅에 엎드린 풀 기대어 올라가는 풀 짓밟고 장악
하는 풀, 베다보면 잔인해지네 나는 낫질을 잘 해 내 낫
은 신들린 무당처럼 춤 추고 내 몸도 진동하네 시퍼런 날
은 살기가 번뜩이네 나는 낫질을 너무 잘 해 풀을 잡은
왼손의 감각으로 낫을 잡은 오른손의 힘이 결정되네 얽
히고설킨 정글도 내 낫은 문제없지 침착하게, 차근차근,
뿌리부터, 풀들의 피비린내 피의 아우성 사이에서 내 낫
은 즐거워 두려운 게 없네 더러 나를 할퀴고 찌르지만 잠
자는 내 잔인성을 깨울 뿐, 순교자처럼 하얀 피를 흘리는
것도 있네 제 뿌리를 두고 멀리서 다시 뿌리내리는 덩굴
은 바람난 남자의 성기를 자르듯 비장하게 내 낫은 오뉴
월 서리처럼,

저 배나무,

아침 늦잠 속에 웬 짐승이 나타나
목 놓아 울고 있다
무엇일까 왜 그럴까 꿈인 듯 생시인 듯 헤매다가
잠에서 깼다
뒤란 담 너머 배나무 가지 치는 소리였다
굵은 밑둥을 쳐내는 기계톱 소리였다

다시, 오후 낮잠 속에 나른히 잠겼다
아침에 그 짐승이 또 울부짖는다
안간힘을 다해 눈을 떴다
가지 치는 소리였다
분명 배나무 밑둥치는 소리였다

나 뒤란 마른 흙이 깊이 패이도록
오줌 눌 때 저 배나무, 가지 휘청 맥 못 추고
땅속으로 뻗은 뿌리 불끈 솟아올라
하얗게 배꽃 피워냈는지 몰라
나 삼복염천에 방문 열어 제치고
땀 젖은 알몸으로 뒤척일 때, 저 배나무
천둥 비바람으로 제 몸 식히고 후려쳐도 어쩌지 못해

사나운 짐승이 되어갔는지 몰라
밤마다 나를 탐했는지 몰라
탐하고 탐해도 넘치는 기운 긴 밤도 짧아
저 배나무, 남은 수액 노랗게 뭉쳐
달디 단 열매 제 살 밖으로 밀어냈는지 몰라
허공 깊숙이 꽂은 가지 툭툭 잘리우고
땅속으로 몸 웅크려 울부짖는지 몰라

安城

내가 안성에 살고 있다는 걸 아는 남자들은 하나같이 국
도 혹은 고속도로에서 전화를 건다 가도 될까요? 나는 국
도와 고속도로 앞에 완강하게 버티고 서서 말한다 안 돼
요, 그러면 그들은 안성에 들어오는 길이 더 이상 없는
줄 알고, 안성이 다 내 땅인 줄 알고, 내가 안성인 줄 알고
그냥 지나쳐 간다

오일장이 서는 곳, 누구라도 한 귀퉁이에 쭈그리고 앉아
해종일 난전을 펼 수 있는 곳, 군사의 요충지여서 안성을
뺏기면 다 빼앗기는 거고 안성을 뺏으면 다 차지하는 거
라는 곳, 드넓게 펼쳐진 들판이 바로 안성에 들어오는 비
밀의 문이라는 걸 눈여겨보면 빤히 보이는 곳, 실은 난시
청 지역이어서 딴 세상에 들어온 듯 혼이 나가는 곳,

안성은 지나가면서 잠깐 들리거나 시동도 끄지 않은 채
목을 축일 수 있는 곳이 아니다 종점이다 깊숙이 들어와
야 한다 그러면 어디서나 물이 파랗게 고여 흔들리는 저
수지를 만난다 그 한가운데 온몸이 나른히 잠기는, 거기
가 안성의 목적지이고 또한 출발지이다 거기서부터 안
성은 시작된다

더러 안성에 입성하는 남자가 있지만 내가 안내할 수 없
는, 나도 모르는, 물의 흐름 깊이 물의 근원을 찾을 수 없
어 저수지 언저리만 빙빙 돌다 국도 혹은 고속도로를 빠
져나간다

잠수하는 여자

왜 그리 오래 잠수함을 타냐고,
무슨 슬픈 일이 있냐고, 이제 그만 나오라고
전주에서 과천에서 난리다

등을 열고 침대스프링을 내려간다
땅 속으로 스미듯 빨려 들어간다
자잘한 붓꽃의 뿌리와 백합의 알을 품어보다가
유년의 좁은 길 어디쯤서 종종거리던 발자국을
맥박소리처럼 들어본다
잠시 아버지의 무덤으로 들어가 흩어진 뼈를 맞추고
나란히 누워 온기를 전한다
나는 흙의 허공을 맨발로 떠다니다가
물의 근원지에 내려 몸을 뒤척인다
물방울을 피워 올리며 숨을 쉬고
은비늘 반짝이며 헤엄도 친다
가슴에 어떤 무게도 느끼지 못하고 내려간다
뿌리는 갈수록 부드럽고 촉촉하다
그 뿌리의 끝에 네가 있다
네가 목련의 푸른 가지에 더운 피를 수혈하고
수컷의 생식기를 만들었구나

나를 열게 했구나
나는 네 갈비뼈를 열고 들어가
동그랗게 눕는다 눈치채지 못하게 숨을 죽인다
너의 일부가 된다 편안하다
네가 남긴 여분의 살을 먹는다
네 생이 끝나는 날
마지막 숨을 토하며 뱉어내는
그 각혈로 내 잠수는 끝날 것이다

잎새가 길을 낸다

내가 스무 살이었을 때, 한껏 차리고 외출이라도 할라치
면 엄마는 나를 쳐다보며 더할 수 없이 흐뭇한 미소를 퍼
부었다 마치 젖과 꿀로 만든 향유가 내 머리꼭대기에서
발 끝까지 흘러내리는 듯 했다

내가 너무 짧은 치마를 입고 나서면 동네 사람들이 에구,
이것아 빤쓰가 다 보인다, 고 혀를 끌끌 찼다 그래도 엄
마는 나를 나무랄 줄 몰랐다 아마 내 빤쓰마저도 자랑하
고 싶어 했을 것이다

앞에도 산 뒤에도 산 너머에도 산, 속에 감추어진 우리
동네는 하루 몇 차례 다니는 완행버스가 고작이었고 구
멍가게조차 없었다 동네 사람들이 남 주기 아깝다며 어
여쁜 처녀 하나를 공유하려 했던 그 시절로부터 십수 년,

동네 앞으로 길이 나고 다들 서울로, 더러 미국으로 동남
아로 드나들며 눈에도 길이 나고 이젠 아무도 내 치마를,
치마 속을 걱정하지 않는다 사람들은 늙거나 죽고 엄마
는 병들어 눈에서는 더 이상 젖과 꿀이 흐르지 않는다

생각이 깊어지는 날은 동네 앞 느티나무가 날 쳐다보는
것이 보인다 예나 지금이나 동네 사람들에게나 내게나
거목이었던 나무는 애초에 길을 알고 있었을까 물끄러
미 쳐다보는 잎새가 나에게 난 길로 떨어져 구른다

나병춘네 앵두나무

나병춘네 집에는 앵두나무 백 그루가 있다고 한다
백 그루가 넘을 수도 있고 모자랄 수도 있지만
누구도 그 수를 정확히 헤아리지 못한다고 한다
해마다 봄이 오면
백 그루의 앵두나무에서 연분홍 봉오리가 화약처럼 터
지는데
바로 그때, 나병춘과 그 애인은
사람들을 초대한다고 한다
하얗게 타는 앵두나무 앞에서 사람들은
그만 정신을 놓아버리고
이때부터 나병춘과 그 애인의 음모가 숨막히게 돌아가
온 몸이 눈으로 변해 번들거리고
독침 같은 빛이 서린다고 한다
4월, 보름달이 촛농을 흘리기 시작하면
나병춘과 그 애인은
한해 묵은 술을 내놓는데
사람들은 먼저 그 빛깔에 물들고
향에 취하고 맛에 쓰러진다고 한다
앵두꽃이 다 지도록 먼저 취하고
나중 마시기를 되풀이 해

술이란 술은 전부 거덜난다고 한다
한번 쓰러지면 다시는 일어나지 못하는데
이듬해 그 자리엔 없던 앵두나무가 새빨갛게
서 있다고 한다
소문에 의하면, 나병춘네 집에 초대되어 간 사람 중
어느 누구도 나오는 걸 못봤다고 한다
흉흉한 소문에도 불구하고
그 집에 들어가고자 하는 사람들이
줄을 서서 기다린다고 한다
나병춘네 앵두나무는 백 그루가 넘기도 하고 모자라기
도 하는데
누구는 멀쩡한 자기 자신을 세기도 하고
누구는 아직 망설인다고 한다

젊은 우체국장이 있는 풍경

우체국이 새로 생겼어요
읍내에서 조금 떨어진 곳
신호등은 없지만 무단횡단이 가능하죠
주. 정차도 할 수 있어요
빨간 우체통을 한 백 개쯤 붙여놓은 건물이에요
나는 엽서를 사러 들어 갔어요
커다란 우체통 속으로 미끌어지듯이요
문을 여는 순간 쾅!
가슴에 스탬프가 찍혔어요
젊디젊은 우체국장이 앉아있지 않겠어요?
어서 오세요!
샘 솟는 목소리, 그는 뱃속에 샘물이 있어요
책상이며 화분 액자, 모든 게 새거였고
휴지통에는 휴지가 하나도 없었어요
온도 습도가 알맞아
동양난이 촉촉하게 피어있어요
나는 주소불명의 편지처럼 어리둥절했어요
젊은 우체국장이라니,
뜻밖의 소포 같은,
축하의 전보 같은,

젊은 우체국장이 있는 우체국에 오시지 않겠어요?
그대 한 장의 엽서가 되고
그리운 편지 소중한 선물이 되어
어디든 속달로 날아갈 거에요
수취인 불명, 거부, 상실, 부치기 힘들 때 어서 오세요!
젊은 우체국장과 물결과 바람이
새파란 빛살로 차오르겠지요?
너무 멀다구요? 밤에는 봄이 안 오나요?

(근처에 다른 구경거리 없냐구요? 있죠, 우체국에서 2
분만 가면 대덕면사무소가 있는데 뜨락의 국화, 우표전
시장처럼 다양하고 벌 떼들 잉잉거리며 탄성을 질러대
지요)

서산가는 길

나는 지금 서산 간다
서산에서도 바다 쪽으로 삼십분은 더 가야 나오는
부석면 칠전리 구세군 영문에 간다 여고시절 친구에게
간다
생강을 주로 재배하고 들깨 고구마 수수 율무 땅콩
그리운 것은 다 모여 살고
우럭 새우 바지락까지 있는 동네
내 친구를 사람들이 사관님 사관님 한다
교회로 치면 목사님이고
세속말로는 대장님이다
신자 30여명에 주일예배 수요예배 새벽예배를 주관하
니
친구인 나는 우쭐하다
동네사람들이 새벽에 수박을 따오고
갓 잡은 우럭을 갖다 바친다
각설하고, 지금 가는 이 길은 작년하고는 다르다
혁명을 일으키러 간다
갈 때마다, 반바지 입지마라
어깨에 우두자국 보이지 마라
화장 진해선 안 된다 안 된다 안 된다

아니 지금이 어떤 세상인데?
70년댄줄 알아? 그 동네는 테레비도 없어? 투덜거리지만

사관님은 단호하시다
나 지금 허벅지가 뽀얗게 보이는 반바지에
어깨를 훤히 드러내고 검은 선글라스
새빨간 입술로 서쪽으로 석양따라 간다
70년대로, 세상 밖으로 입성할 준비를 한다
바다가 보이는 소나무 숲 언덕에 주황색 지붕
자선냄비가 상징인 구세군 칠전영문에서
내 혁명이 성공할지 반란으로 끝날지
막 피어난 코스모스, 서산 가까울수록 고개 흔들고
하얗게 핀 억새 게거품 물고 서걱거린다

자장면 배달은 상징찾기이다

주소가, 안성군 대덕면 소현리 122로 되어 있는 우리 집은 전화도 혼선없이 걸려오고 번지수 없이 편지도 잘 들어오지만, 유독 자장면 배달만은 애를 먹는다 전형적인 시골풍경인 우리 동네는, 읍내와 통하는 길이 넓게 뚫려 가끔 자장면 배달을 시키는데 거기 위치가 어디쯤이냐고 물을 땐 앞이 캄캄할 정도로 난감하다 어떻게 말해야 하나, 몇 번 설명하다 보면 이골이 나 뺄건 빼고 보탤건 보태가며 요령이 생길텐데 이건 갈수록 더듬거린다

우리 집은 동네 입구에 들어서면 보이는 첫 번째 집도 아니고 수령 이백 년 된 은행나무집도 아니고 마을회관 옆이나 뒤도 아닌 평범한 나무대문집이다 대문 안에 들어서면야 커다란 사철나무가 있고 자세히 들여다보면 열 가지가 넘는 붓꽃이 자라고 있지만 자장면 배달은 대문 밖의 일이다 이름이나 번지수가 아닌 표시를 대라고 성화다, 아직 신이 오르지 않아 깃발도 꽂지 못하고 아들이 없어 농구대도 세우지 못한 나는, 우리 집 지도를 그릴 길이 막막하다 길이 없다

비 오는 날, 대문 밖에 나가 무슨 깃발처럼 두 팔을 흔

들어 배달된 불어터진 자장면을 먹으며 내가 누구에게
든 하나의 상징이 될 수 있을까 생각해 본다

요즈음, 요즘

내가 서툰 솜씨로 뜨개질을 하고 있는 요즈음,
밥에도 털실
국에도 털실
숟가락에도 털실
茶에도 털실
머리에도 눈썹에도 목구멍에도 털실
가슴에도 털실
온통 털실투성이입니다

내가 어설픈 마음으로 당신을 만나고 있는 요즘,
나는 날아가 당신 밥에도 앉고
국에도 빠지고
차에도 녹아내리고
숟가락에 올라가 그네를 타고
머리에도 눈썹에도 목구멍에도 기어 들어가고
당신 가슴에 꽃씨처럼 떨어져
따뜻한 봄을 기다리기도 합니다

II

성기가 노출된 짐승이 간다

가을, 한낮
오십대 남자가
막대기 끝에 뱀을 매달고
밭과 밭 사이
좁은 길을 걸어온다

몸이 축 처진 뱀은
꿈틀거리며
안개가 흐르는 듯 미끌거렸다

오십대 남자가
아직은 따가운 햇살을
목덜미로 받으며
대가리 꼿꼿하게 쳐든
뱀을 매달고
내 앞을 지나
밭과 밭 사이
길 모퉁이로 사라진다

전봇대 같은 남자

저기 저 남자
대문 밖, 마당 끝에 한쪽 다리만 보이고
회색빛 알몸으로 서 있는 남자
함부로 올라갈 수 없는
위험한 남자
접근금지의 문신을 새기고 있는 남자
아무리 높은 담도 철통 같은 문도
가볍게 흘러 넘어가
방마다 뿌연 형광의 정액으로 가득 채우고
칠흑의 밤을 하얗게 놀아나는 남자
멀건 대낮, 간밤의 절정으로
스위치를 내린 방안을 들여다보며
의기양양 뻣뻣하게 곧추서 있는 남자
누구라도 손을 대거나
욕심을 부리면 시퍼런 불꽃을 일으켜 터져버리며
죽음도 불사하는 냉혹한 남자
제 몸의 핏줄을 천지사방으로 뻗쳐
얽히고설킨 줄이 합선으로 끊어지는
우를 범하기도 하는, 어리석은 남자
달과 해에게 말없이 굴복하는

우직한 남자
차고 마른 바람을 견디며
딱딱하게 발기한 남근을 만천하에 드러내고
오로지 한 여자를
골똘히 생각하는 남자

스타　송경철

강도 사기꾼 깡패 도둑 간첩 패륜아
악역이란 악역은 안 해본 게 없는 남자
악역을 위해 태어난 남자
마약중독 같은 몽환자 역은 절대 주어지지 않는 근육
질 남자
그렇다고 그 흔한 문신 하나 없는 남자
신성일보다 멋진 주인공이 되기 위해 배우가 된 남자
한 여자의 애인이 되기에는 도통 안 어울리는 남자
무명시절, 라면도 외상으로 먹은 남자
어쩌다 떡라면에 계란 하나 풀면
더할 수 없이 성찬이었던 남자
TV 밖에서 자기를 보고 달아나는 여자에게 놀라
도망가버린 남자
섹소폰을 불기보다는 집어던져야 제격일 것 같은 남자
그러나 잘 부는 남자
악역을 통해 세상의 악을 다 보아버린 남자
악은 약에 쓸래도 찾아볼 수 없는 남자
사기꾼 차력사로 출연하기 위해 머리를 파랗게 밀어버
린 남자
그 머리로 이 땅의 악을 마음껏 퉁겨내는 남자

악역다운 악역을 해보고 싶다는 남자
악의 마력에 빠진 남자
악으로 사는 남자

소품

그는 방송국 소품감독이다
자질구레한 빗자루 화분 거울부터
낙엽이 깔린 거리와 비행기까지도
준비해야할 소품이다

소품인 숟가락으로 소품인 밥을 먹는다
소품인 컵에 담긴 소품인 물을 마시고 소품인 TV에서
소품인 연속극을 본다 소품인 부인과 눕는다
소품인 몸이 잠든다
배우들이 그가 준비한 소품으로 가득 찬 공간에서
커튼을 열고 그가 돌려놓은 시계를 본다

그의 경력은 이십년이다
어떤 희귀한 소품도 다 마련할 수 있다
역사극을 위해 과거를 통째로 되돌렸고
공상과학을 위해 완벽한 미래를 준비했다
사랑과 슬픔의 감정까지도
쓸쓸한 배경이었던 하늘과 은하수까지도
그 앞에선 소품으로 전락하고 만다

그의 꿈은 소품왕국을 세우는 것이다
그는 과감하게 인간을 위해 소품을 사용하지 않고
소품을 위해 인간을 이용할 작정이다
잘 놓여진 돌멩이 하나를 위해
다리 긴 인간이 흔쾌히 고꾸라진다
옳커니, 돌멩이는 쾌재를 부르고 소품은 적절했다
나무는 꽃을 피우며 노래 부르고
젖은 잎새가 필요할 때 소품인 누군가는 머리를 적시
고
죽은 듯 엎드려 있어야 한다
시간은 쉬지 않고 돌고 소품인 인간들은 끊임없이
새로운 소품을 바치기 위해 사라지고 또 태어나야 한
다
그가 휘두르는 절대권력 앞에서 소품들은
먹고 배설하고 웃거나 울기노 하시반
단순한 역할 하나 없이 생이 끝나기도 할 것이다

열쇠를 복사한다

자동차 열쇠를 복사한다
본래의 열쇠 옆에 결박하듯 고정시키고
날카로운 톱니로 사정없이 갈고 깎는다
미세한 소리가 하얗게 날린다

완벽하게 들어맞아야 한다
좁고 긴 딱딱한 어둠, 생소한 구멍 속으로
날을 세운 凹凸의 절벽 속으로 안치되듯
몸을 맞춰야 한다

이 열쇠, 누군가의 심장에서 뽑아낸
한 방울의 피였거나
머리카락에서 찾아낸 기억이었거나
한 덩어리 화학물질이었거나
급조되거나 날조되어 누군가의 삶을 대신하기 위해
만들어졌거나,
태어난 것이 아니다

몸뚱이 여기저기가 자꾸 깎인다
높이 솟아올랐던 푸른 가슴이 깎이고

급류의 강이 잔잔해진다
술렁이는 섬모의 계곡이 메워진다

두개의 열쇠를 손에 쥔다
같으면서 전혀 다르다
두개의 열쇠를 번갈아 자동차에 꽂아본다
다르다, 보이지 않는 심연, 끝까지 닿아 비틀린,
온몸에 생채기가 그어진 열쇠가
힘들게 시동이 걸린 차를
끌고 간다

에스컬레이터

에스컬레이터가 고장났다
계단 몇 개가 뜯어져 뒤집혀 있고
인부들이 시커멓고 찐득거리는 기름투성이
손으로 무언가를 닦아낸다 갈아 끼운다

그저 계단 몇 개를 뜯어냈을 뿐
견고한 이빨 새 치석이나 닦아냈을 뿐
포화상태로 게워낸 오물을 치웠을 뿐
떨어져도 떨어져도 바닥에 닿지 않는,
콘크리트 반죽처럼 서서히 조여오는 저 어둠 속을
나는 모른다

계단 하나하나가 꼭대기이며 밑바닥이다
마지막이며 시작이다
내가 맨 위에서 밟았던 계단이
건너편에서 다른 이의 밑바닥으로 올라온다
누군가 또박또박 올랐던 계단을
내가 몸무게를 덜어내며 내려간다

누군가 토해냈던 공기의 계단에

누군가 헤엄쳤던 양수의 계단에
힘겹게 벗어놓은 죽음의 계단에
얌전히 줄을 서서 기다린다

다시 움직이기 시작하는
에스컬레이터, 사람들이
마지막 계단에서 사라지고 있다
계단의 목울대가 꿀꺽꿀꺽 넘어가고 있다

저 등나무,

저 전봇대에서 어느 해 전기공이 감전사했다 한다
팔뚝이 뚝 떨어지고
몸뚱이가 전깃줄에 오그라붙었다 한다

무서운 기세로 올라가던 등나무가 말라있다
전봇대 끝, 무성한 숲을 이룬 사타구니가
시커멓게 타다만 채
허공 안에 깊이 모근을 박고 있다
저 등나무, 죽은 지 오래 되었다

죽음이 시작인 사랑,
올라오지 마라 올라오지 마라
진초록 이파리 갈증으로 뒤덮이고
연보라 꽃무더기 더운 냄새로 늘어졌다
피와 살로는 오를 수 없는,
닿자마자 녹아버려
제 뼈를 비틀어 휘감아 올랐다
파고들어 떨어지지 않았다

저 사내,

사체의 자궁 안에서 천만볼트의 절정으로
헐떡였다 천지사방 신음이 새나갔다
옥죄어 감아쥔 채 풀지 않는 가랑이 깊숙이
한 생이 흥건했다
신경줄 끝까지 환하게 열렸다

전기공의 사체는 남은 것이 없었다 한다
백년을 산 무덤처럼 뼈만 하얗게
이장했다고 한다

흰부리독수리의 죽음

흰부리독수리가
땅바닥에 떨어져 헐떡이고 있다

죽은 것만 먹던 독수리가
죽음을 찾아 천지를 헤매다 지쳐
죽어가고 있다
죽은 것만 먹는 땅이 아가리를 벌리고 침을 흘린다
죽은 것만 낚아채는 허공이 발톱을 세우고
매섭게 낙하한다
빛과 바람을 쏘아댄다

독수리가 필사의 날갯짓으로
땅을 조금 벗어나 본다
흐릿해진 눈동자를 움찔거리며
먹이가 되는 죽음을 찾아본다
죽음의 살을 쪼아 먹던 강인한 부리가
죽음의 목젖에 걸려 버둥거린다
죽음의 먹이가 되기 위해
죽음이 잘게 부수어 던져주는 마지막 시간을
허기 속으로 받아 먹는다

죽음이 만든 세상의 자궁 안에서
죽음의 탯줄에 묶인다

독수리의 몸에 들어가
날카로운 부리였던 죽음이 빠져 나온다
매서운 날개가, 파괴의 발톱이,
소화되지 않았던 살과 배설되지 않았던
뒤엉킨 길이 풀어져 땅에 섞인다
날아간다

목소리 유감

목소리가 실종됐다
약속은 취소되었고 모든 말은 쓸모가 없어졌다
소리가 없는 나는 기침과 재채기로
신열과 두통으로 파충류의 허물처럼 비틀리고 있다
어디로 달아난 걸까
밤새 베고 잔 베개 속에도 없고
책 속에도 없고 문틈으로 빠져나간 흔적도
천장 어디에 묻힌 얼룩도 없다
빈 몸뚱이만 버스럭거린다
내가 하려했던 말들, 눈물 섞인, 가시뿐인,
부풀리거나 메마른, 극단의, 희망이나 사랑 따위,
에 갇혀있던 소리가 몸 안의 궤도를 벗어나
대기권 밖으로 이탈했다
진저리치며 빠져나간 소리들은
어디선가 새로운 나를 만들고 있다
완벽한 나를 설계하고 있다
억눌렸던 소리들을 원심분해하여
청각과 시각을 찾아내고
소리의 골수를 뽑아 뼈대를 세운다
소리의 기억을 더듬어 손가락과 발가락을 다듬는다

소리의 파편을 이어 정신을 들게 한 후
마지막 소리의 진동을 모아
태초의 울음소리로 내가 아닌 내가 탄생한다

태양계 끝에서 막 태어난 별이 내게 오고 있다

내 방 앞 목련 2

목련이 잘려 나갔다
무릎길이의 굵은 둥치만 남겨졌다
잘려진 나무의 살이 뿌옇게 젖어 있었다
햇살에도 마르지 않고
버섯이나 이끼도 나지 않았다
수백의 꽃송이를 피워 올리고
수천의 가지와 수많은 이파리를 들어올렸던
뿌리는 여전히 제 할일을 하고 있었다

저 물기를 만져볼까
차갑지 않을까
끈적거리지 않을까
무슨 냄새가 나기도 할까

뿌리는 언제 제 일을 그만두고 죽어갈까
내 땅속의 길을 만들어 놓은 걸까
백년 이백년 지나 내 뼈골이 다 삭아서야
뿌리도 한줌 흙이 되어 나와 섞일까

목련둥치를 남근목이라 부르기로 했다

기꺼이 내 자궁 안에 받아들이기로 했다
내 몸에서 꽃을 피우고
잎새 흔들기로 했다

기차가 있다

밤의 그을음이 쇳덩어리처럼 들러붙은,
햇살의 거미줄이 뼈마디 속속들이 얽히고설킨,
새벽안개가 슬어놓은 알이 스물스물 부화하는,
허공의 무중력을 견디려고
악착같이 레일 위에 무릎을 붙이고 있는
기차가,

내 안의 간이역에 멈춘다
관절이 삐그덕거린다
마디와 마디가 끊어질 듯 어긋나 있다
크고 작은 짐이 서둘러 내려지고
새로운 짐이 제 자리의 번호를 찾아 두리번거린다
목적지가 어두운 잠 속인 듯
혼곤히 의자에 파묻힌 이도 있다
여전히 입석인 채로 제 몸을 의지해
등을 구부린 이도 있다

개찰구를 빠져나가는 사람들의
뒷모습이 채 사라지기도 전
먹이를 통째로 삼킨 짐승처럼 힘겹게

몸을 움직인다 칙칙거리며
푸푸거리며 새김질을 시작한다
끈적끈적한 침이 흘러 내린다
곧 게워내야 할 먹이들이 움찔거린다

내 몸을 지나가고 머물던 기차가
내장을 긁어내고 머리와 꼬리를 떼어낸 채
레스토랑 간판을 목에 걸고
허허벌판에 주저앉아 있다

석남사에서

속세를 한짐 지고 절에 올랐다
절에서는 왜 다들 어리석은 중생이 되는지
매달아 놓은 스피커에서 불경소리 낭랑하게 퍼지는데
한껏 폼을 잡고 사진 찍는 중년남녀
저것들 불륜이지,
불경소리 들으면서 불경스러운 생각이나 하니
중생은 중생이로구나

대웅전까지는 가파른 계단,
짐 풀기가 이렇게 힘들다
부처는 계단 오르는 심사만 봐도 훤히 알고
굽어 살피시나보다, 법당으로 들어가니
쥐 한 마리 슬그머니 부처 허리를 돌아간다
부처에게는 쥐나 나나 미물 한가지로 보일까
께으름직하지만 오체투지로 엎드린다
눈물은 왜 그리 쏟아지는지 문고리에 옷자락만 걸려도
머리 깎을 거 같다, 뜨락 옆으로
여름이나 되어야 꽃 필 패랭이가 잎 피우고 있으니
견뎌야 할 것이 많은 중생이 여기 또 있구나
풍경소리 문득 들리고 오줌이 마렵다

화살표를 따라가다가
어쩐지 내 오줌은 오물구렁에 빠뜨리고 싶지 않아
계곡에 콸콸 쏟아내니 비로소 짐 벗은 듯, 가볍다
바로 그 자리에서 손 바가지로 물을 떠 마시고 내려오
는데
앞서가는 내 그림자에
누가 얹어 놓았는지 올라올 때 그 짐이
어깨동무하듯 걸쳐 있다

생각해 본다

마당 한가운데 난 채송화를 비켜다니며
생각해 본다
죽음이란 이런 걸까
작은 꽃에게 큰 길을 내주는 것
대문 한가운데 수북이 똥을 떨어뜨리는 제비를
비켜 다니며 생각해 본다
죽음이란
작은 새에게 큰 공간을 내어주는 것

꽃들은 색색의 향기를 만들고
새들은 알을 까고 새끼를 치고
나를 즐거이 비키어 비키어 산다
죽음이란 이런 걸까
우리들 넋에게 자꾸만 몸을 비워주는 것

그러나 꽃들은 열흘 붉고
새들은 날아간다
죽음이란 이런 걸까
우리들 삶의 자리가 다시 채워지는 것
채송화를 비키어 제비를 비키어

젊은 날을 비키어
보이지 않는 먼 데를 바라보며
생각해 본다

길은 소화되지 않는다

볼록거울이 아직 가지 않은 길을 삼키고 불룩해진 배를
내밀고 서 있다 삼켜진 길이 차디찬 빛을 반사하고 있다
길가의 풍경들도 함께 식어가고 있다 누군가 뒷모습을
보이며 가고 있다 또 오고 있다 거울은 오고가는 사람들
을 먹고 배설하듯 길 밖으로 밀어낸다

나는 거울을 뽑아 내 안의 모퉁이 여기저기에 세워 놓는
다 거울은 터질 듯 부풀어 오른다 소화되지 않은 섬유질
의 길이 구부러진 채 생생하게 들여다 보인다 몸이 온통
길로 채워져 있다 화분 속 뿌리처럼 내안을 휘휘감고 길
이 길을 돌고 있다 내 최초의 길인 탯줄이 붉고 파리한
울음을 담고 양수에 젖어있다 작고 가벼운 보폭이 자갈
처럼 촘촘한 푸른 길이 흔들리고 있다 나를 원하는 만큼
분열시켜 거울의 이쪽과 저쪽에 동시에 세워본다 맨발
의 아이, 부스럼투성이의 정수리, 목덜미가 새카맣게 타
버린 아이가, 소와 염소가 뜯어먹은 낮고 긴 담처럼 군데
군데 무너진 길에 서 있다

길에 뿌려진 말들이 깨어진 그대로 날을 세우고 있다
쏟아진 푸른 하혈이 스며들지 못하고

진흙구렁에 고여 있다
각기 다른 색의 나이테를 두르고 있는 나무가
얕은 뿌리로 기울어 있다

몸살 앓다

열
불
화, 사이에
싸움이 벌어졌다
좌충우돌 우왕좌왕 전전긍긍 오락가락 사분오열 설상
가상 사생결단……

거기다 바람까지 끼어 들었다

이 여잔 내꺼야
난 이 여자의 생명이야
무슨 소리, 이 여자의 마음은 내가 차지해야 해
웃기지들 마, 난 이 여자의 골수에 파고들 수 있다구

창밖에 목련이 지고 있다

III

빗대어 노래함

우리 동네 사람들은 내가 안성은 물론 서울이나 남원바
닥에 내놔도 안 빠지는 줄 안다 내가 어떻게 이쁘다는 얘
기를 할 때도 누구를 빗대는 게 아니라 나비 같다 학 같
다 꽃보다 곱다 한다 그러고는 어떤 집 며느리나 신부가
이쁘다는 말은 너 같다 하고 이쁜 베개도 나 같다고 한다

한번은 동네 사람들과 뱃놀이를 갔는데 어화둥둥 신바
람에 출렁출렁 다들 오줌이 급해 우르르 공중변소로 몰
려가 자기네들은 아무데나 함부로 주저 앉으며 너는 개
시도 안했으니 들어가 누라 비켜주며 싸고 도는 것이다

아무렴 눈도 묵은 눈이고 마음도 안으로만 흐뭇이 굽었
으니 그렇긴 해도 당연히 오줌도 사람의 그것과 빗대진
말 일이지요?

복사꽃

올 봄, 울진에 갔을 때
평해를 시작으로 영덕에서 안동 넘어가는 길
굽이굽이 돌아 없어진 듯 이어진 계곡
양쪽으로 펼쳐진 복숭아밭
먹을 땐 복숭아지만 꽃은 복사꽃이라 불러야 제 맛인
그래 복사꽃 아가씨를 뽑는다는 현수막이
곳곳에 나붙어 있는 길을
세월아 네월아 넘어가는데
진홍빛 파도가 부서지듯 끝도 없이 밀려드는
천지간을 세 시간 실히 걸려 가면서
나는 속절도 없이 피어대는 꽃에다 눈 맞추느라
정신이 아뜩했다
돌아올 땐 해가 넘어가는 중이어서
꽃들은 더욱 화냥스럽게 벌어지고
나도 덩달아 눈알이 빨개지고
엉덩이에 열꽃이 필 지경으로 몸이 달았다

팔월, 다시 영덕에 가니
길거리고 시장바닥이고 해수욕장이고 어디고
지천으로 깔린 복숭아

익을대로 익어서 손만 대면 살이 무르고
단물이 물큰 흘러내리는,

섬, 아틀란티스

(아득한 옛날, 아틀란티스는 존재했는가에 대하여, 섬은
없었다 있었다는 증거가 없는 한 섬이 있었다고 주장할
수는 없다, 섬은 있었다 있지 않았다는 확실한 증거가 없
는 한 있었다)
섬은 아름다웠으며 매우 기름졌다 언덕은 그다지 높지
않았고 크고 작은 나무가 튼튼한 울타리를 만들었다 짐
승도 많았다 잘 길들인 짐승 야생동물 향료가 되는 나무
열매 부드러운 과실 꽃과 물 햇빛이 넉넉했고 詩와 혼례
잔치가 있었다 하양 빨강 노랑색 돌로 지은 집은 불처럼
빛났다

그대,

어느 날, 기분 나쁜 진동이 섬을 흔들었다 무서운 소리가
울려나오고 용암이 솟구쳤다 섬은 몸부림쳤다 해일이
산맥처럼 일어나 덮치고 불은 홍수를 부글부글 끓게 했
다 땅은 지옥의 불 밑으로 떨어지고 사방에서 바닷물이
미친 듯이 날뛰며 섬을 휘덮었다 태양이 수평선 너머로
사라졌다

내 안에 가라앉은,

(그곳의 바다는 이젠 배도 지나다닐 수 없는 상태라 한다
섬이 남긴 많은 양의 진흙이 배의 항해를 방해하고 있기
때문이다)

사방연속무늬

천장의 저 무늬는 정사각형이다
사각형 안에는 네 개의 사각형이 있고
또 그 안에는 작은 사각형 네 개가 있다
네모난 천장 하나가 하나의 무늬인지
저 놈의 금은 멈추어진 데가 없고
한 군데도 뚫린 데가 없다

이쪽을 뻗치면 저 쪽 금이 따라 뻗치고
네모 하나가 완성되면 금세 같은 네모가 달려든다

천장의 저 무늬는 안과 밖을 모른다
천장이라는 몸 하나에 크고 작은 내장이
들어찬 것인지 가운데 네모 하나가
제 몸으로 몸을 만들고
제 금으로 금을 그어 드러낸 것인지,

천장의 저 무늬는 살인적이다
지배욕이 강하다 식욕이 왕성하다
하나의 무늬를 뚫어져라 바라보면
그 옆으로 다른 네모가 달라붙고 그 위로

또 다른 네모가 교차하고 모서리를 들이민다
고개를 저으며 조금 큰 네모를 쳐다보면
똑같은 크기의 무늬가 나란히 도사리고 있고
어둠이, 그 그림자가 천장 밖 사방으로,
내 몸뚱이를 연속으로 타넘고 있다

사각의 바람이 모로 서서 박혀 있다
사각의 발자국이 사각의 금에 걸려 넘어져 있다
사각으로 갈라진 빛살이
온통 사각의 거미줄로 허공을 얽어맨다

천장의 저 무늬는 죽지 않는다

비상구가 있는 극장

칠흙 속에서
홀로 빛나고 있다

나는 이 극장에서 울기도 웃기도 하고
공포에 질리기도 한다
화성에 다녀오기도 하고
백 년 전으로 뒷걸음치기도 하지만
비상구는 저기 저 자리에서
꼼짝도 하지 않는다

너무 멀리도 가까이도 있지 않는 저 문,
매일 열고 닫는다
녹이 슬어 열리지 않기도 했다
문 밖에 더 큰 문이 있기도 했다
계단이 허공중에 끊어져 있거나
끝없이 이어져 있기도 했다

내 슬픔의 몇 발짝 앞이나
어둠의 몇 발짝 뒤에서
눈부신 빛으로 범람하거나

시린 얼음덩어리로 떠 있는
허공이다

헛꿈, 헛발질로 허우적대며
녹빛 서쪽으로 끝없이 떠밀린다

문고리를 잡고 흔들 때마다
푸르게 멍이든 하늘이
하애졌다 검어졌다 한다

따뜻한 잠

아이가 내 팔을 베고 잠이 든다
호빵처럼 말랑말랑하던 머리가 서서히
무거워 진다, 딱딱해진다
팔다리가 뻣뻣해진다
팔 위에 놓여진 아이의 잠이
어깨를 짓누르고 내 몸을 파고 든다
통증이 신호를 보낸다

왜 이렇게 무거울까
아이의 머릿속에는 열 가지의 숫자와
집에서 유치원까지의 길이 펼쳐져 있을 뿐이다
꿈의 무게일까
앞으로의 삶의 무게일까

아이의 잠이 내 몸에 스며든다
나른히 몸이 잠긴다
몸이 하얗게 풀어진다
끊어지다 이어지다 굴곡이 심한 길이 지워진다
나는 새로이 눈을 뜨고 딴 세상에 와 있다
내 몸에 아이의 꿈, 아이의 삶이 깃든다

아이의 세상을 맨발로 뛰어다닌다
길은 한곳으로만 밝게 열려 빛나고 있다

아이가 내 가슴을 심하게 걸어 찬다
아이의 잠은 여전히 무겁고
내 몸이 구석으로
밀려나 있다

공 속의 허공

공이 대문 한쪽에 놓여 있다
저 공, 운동장 한 구석에서 주워왔다
그 한 구석도 어딘가에서 굴러왔을 것이다
또 어딘가에서 또 어딘가에서 왔을 것이다
무심하게 놓여진 공은 또 어딘가로
가고 있을 것이다

공은 한번도 스스로 굴러본 적이 없다
우주가 돌아가는 대로 몸을 맡길 뿐이다
엄마의 큰 보폭에 아이가 종종종 발짝을 맞추듯
커다란 톱니에 작은 톱니가 맞물리듯이
둥그런 우주를 살아내고 있는 것이다
지구와 공이 겨우 이마를 맞대거나
손가락 하나 걸고 있는 듯 아슬아슬하다
어쩌면 공은 새처럼 나무처럼 살고 싶어
빈 가죽부대로 버려지고 싶은지도 모른다
팽팽한 긴장에서 벗어나고 싶은지도 모른다

공의 상처를 본다
제 몸을 터질 듯 솟구쳐 승리에 도취하기도 했던,

함정에 빠져 패배의 눈물을 흘리기도 했던,

공의 내면이 궁금하다
공기가, 공의 몸이 될 수 있을 까
살이 되고 세포가 될 수 있을까
공의 몸이 허공으로 풀어지고 있다
공의 중심이 허공의 중심을 채우고 있다
붉은 살이 서쪽 능선을 넘고 있다
공이 제 몸인 허공을 보고 있다
허공은 언젠가 공의 몸이 되어
굴러가고 또 굴러올 것이다

빨래는 엄숙하다

택일하듯
햇빛 좋은 날을 잡아
팔을 걷어 부치고
장화를 신고
빨래거리를 한 아름 안으면
제법 비장해진다
힘이 솟는다

웅크린 수캐 같은 겉옷
젖을수록 뻣뻣해지는, 목발 같은 청바지
흐르는 속옷
월화수목 행선지가 다른 양말

빨래판은 완벽한 자세로 엎드렸다
비누는 흥얼흥얼 풀어지자고 재촉이다
빨래통엔 숨죽인 옷들이 가득,
단지 때를 뺀다는 편견을 나는 버렸다

옷감의 씨줄과 날줄 사이
매달리고 달라붙어 있는

밖에서 안으로 들어오려 했던 것들
이를테면, 거친 먼지를 뒤집어쓴
지친 관념들
안에서 밖으로 나가려 했던 것들
이를테면 땀에 젖어 축축한 욕망들을
분리하고 헹구어
제자리로 돌려보내는 의식을 행하는 것이다

저기 햇살과 바람에 빛나고 있는
분해된 몸뚱이를 보아라

파리

파리채를 내리칠 때마다 백발백중,
허연 알이 뭉개진다
공기보다 먼저 달려와
세상 모든 것을 빨아대는 파리가,

동그란 점을 점점이 천장에 박아놓았다
검은 바탕엔 하얗게 하얀 곳엔 까맣게
세상 하나를 이루어 놓았다
어떤 맹수도 어떤 고결한 정신의 소유자도
건져져 올리지 못하는 오물을
생의 구렁텅이에서 건져내어
저 높이에 올려 놓았다
저다지도 가벼이 한 점 꽃으로 피워냈다

마루에 누워 천장을 본다
대들보와 서까래에 파리똥 천지다
내가 먹다버린 찌꺼기가,
내가 배설해낸 똥이,
나를 거쳐 간 많은 일상이
가볍게, 동그랗게, 깨끗하게 파리의 몸을 통과해

눈동자처럼 말똥거리며
나를 내려다보고 있다

낫질하는 여자 3

다시 뒤란으로 간다
낫을 휘둘렀던 흔적은 없고
손에 잡히는 덩굴을 들어올리자
뒤란 전체가 흔들린다, 사방팔방으로 얼키고설켜
서로 쥐어뜯고 물고 늘어졌다
폭염을 건넌 가시풀은
맨살에 스치기만 해도 자줏빛으로 부어오른다
지난 여름, 내가 베어버렸던 마아가렛이
파랗게 싹을 내밀고 있다
여긴 백합자리 여긴 원추리
그 환했던 기억이 생생하다
발버둥쳐 보았지만
이 가시밭을 어쩌지 못하리라는 걸 안다
이놈의 상사는 베어내자마자 제 뿌리 위에
거름으로 엎드린다
덩굴의 기세에 몸이 휘청 기울어
손가락에 가시가 깊숙이 박힌다
나는 이번 낫질을 포기하기로 한다
가시밭 한가운데 주저앉아 숨 고르는데
온몸에 무섭게 달라붙은 게 있다

씨다, 까맣고 단단하게 영근 씨, 나는 여태
추수를 한 셈인가

神話

이상하다, 비 오는 날은 물을 먹지 않아도 오줌이 한정 없이 쏟아진다 빗소리를 들으며 잠들면 자다가도 일어나 오줌을 눈다 이상도 해라, 저 억수가 내 안으로 흘러들어 나를 두드리고 막힌 곳을 열어 샘물 넘쳐나게 해, 내 길과 비의 길, 닿아있음이 분명해 회색지붕을 뚫고 곰팡이가 스물거리는 살갗 안쪽 어딘가 하늘과 내통하고 있는 비밀이 있음이 확실해, 나는 마법의 주문을 외워보고 마음의 빗장을 흔들어보고 비의 암호를 손바닥에 받아 미처 해독하기도 전에,
빗줄기 사이로 미끄러졌다
사람들이 줄을 길게 늘이고 바늘도 없이 낚시를 한다 등 푸른 붕어들이 배를 뒤집으며 거슬러 올라온다 비늘들이 빛의 방울을 터트린다 물이 솟구친다 내가 뛰어 들어가 자맥질을 한다 옷은 젖지도 않고 몸 안으로 물이 차오른다 물에 잠겨도 숨이 막히지 않고 가볍게 떠오른다 넘치는 내 속에서 붕어들이 꼬리에 꼬리를 물고 떼를 지어 논다 나는 커다란 붕어가 되어 아가미로 숨을 쉰다 쉬임 없이 물을 길어 올린다 뱃속에선 빠르게 방향을 바꾸고 나는 유유히 비의 길을 헤엄친다 빗방울이 수면에 떨어져 살이 패이면 내 몸 가장 깊은 곳 파문이 일고 수위가

올라간다

야생의 텃밭

제법 좋은 자리를 잡아 심은 들국화, 무심코 바라보니 꽃
밭 가장자리 돌무더기에서 튼실하게 올라오고 있었다
저 보라색, 열심히 꽃만 피운 줄 알았더니 해마다 조금씩
자리를 옮겼던 것이다

가만 들여다보니 꽃밭을 넘어 내 방 사이 시멘트블록 틈
에서도 싹이 나고 있다 수상하다 저것들, 꽃밭 한가운데
로 가지 않고 어두운 뒤란으로 가지 않고 안방 쪽으로도
가지 않고 하필 오줌소리 요란한 내 쪽으로 오다니,

저러다 들숨과 날숨 거칠은 좁은 가슴 갈비뼈 마디마디,
가파른 가랑이 검푸른 벼랑 가 깊이 뿌리 내리고, 서리
하얀 늦가을 시린 향기 피우며 드디어 다 왔다, 흐드러지
는 거 아닐까?

4월 12일

오늘은 안성 장날
거리거리에 사람들이 넘치고
햇살 가득한 긴 골목마다
저마다 소중한 것들을 펼쳐 놓았습니다

가까운데 먼데 산은 불 붙어
진달래 장이 섰고
내게도 장이 섰습니다

당신의 머리카락 하품 기침 잘라낸 손톱 오줌……
이런 사소한 소품들을
가슴 가득 펼쳐놓고
온종일 꿈을 꿉니다

이윽고 해는 넘어가
산은 돌아눕고
골목엔 졸음만 남았는데
나는 파장할 줄 모르는 장돌뱅이입니다

IV

봄날 오후에 피아노 치러 간다네

도레미 도레미
길을 버리고 나를 버리고
저공 비행하는 까치처럼 나지막히 간다네
들을 지나 내를 건너
도미솔 파미레 산 넘어 간다네
한 발짝만 잘못 걸어도 진달래 물이 오르지만
대개는 진달래가 일부러 팔을 뻗어
도미도미 꽃눈이 내게로 건너오고
미솔도솔 종다리 반주를 한다네
옛날엔
내가 작고 산이 컸으나 지금은
나무가 크고 하늘이 안보이니 나는 여전히
솔파미 작은 아이라네
도레도레 등줄기에 땀방울 맺히고
파레파레 새파란 숨 고르며
봄날 오후
피아노 치러 간다네

사막 여자

저 살갗이며 피이며 심장이며 자궁인 모래,
어디를 만져도 몸이 달아, 숨이 막히는
뜨거워, 벌거벗은 채 수없이
체위를 바꾸는 여자
팔과 다리는 바람과 함께 떠도는
불구, 천형의, 일어나지 못하는 여자
상상임신으로 늘 배가 둥글고
젖가슴이 홀로 흔들리는 여자
짓밟는 발자국을 신기루로 유혹해 쓰러뜨리고
하얗게 삭아가는 뼈와 몸을 섞는
등골이 오싹한 여자
가도 가도 메마른, 끝이 없는 여자
낮 동안 빨아들인 해의 열기, 해와의 정사를
싸늘하게 식혀버리는 밤,
살아있는 씨를 감추고
한 방울의 비를 기다리며
초원을 꿈꾸는 여자
가끔 모래폭풍을 일으켜 세상 끝까지 정복하는
여자, 원래 녹색의 땅이었던,
누워있는 그 자리가 전생이며 내생인

때가 묻지 않는 여자
심연 깊숙이 푸른 오아시스를
숨기고 있는,

양수를 찾아서

아, 춥고 피곤해 견딜 수 없어 어딘가로 떠나고 싶어 누가 내 방문을 두드리네 무엇이 날 일으켜 세우는구나 가야지, 곧 되돌아올지라도 지금은 안녕, 자잘했던 꿈이여 애증의 나날이여 푸른 젖가슴이여 무모했던 詩여 안녕, 나를 용감한 용사로 떠나게 해다오 해지기 전에 이 차디찬 발을 녹이고 싶구나 세상은 나를 소화시켜주지 않아 나는 한 덩어리의 토사물, 언제나 거꾸로 떠밀려 세상 밖으로 처박혔지 점점 좁아지는 이 길이 어디지? 가본 듯해 작은 풀꽃 노랫소리 투명한 터널을 지나가는 것 같아 어느새 맨발이네 목덜미가 훤히 드러난 단발머리 소녀가 되었어 어, 여긴 엄마하고 따먹던 뱀딸기밭이구나 좀 쉬었다 가자 저기 저 커다란 그림자가 뭐지? 내가 환상방향으로 떠돌던 시절의 망령이잖아 무서워 빨리 가자 바람이 잦아드네 반짝이며 날리는 것이 뭘까? 해묵은 장롱 속에서 좀벌레가 다 먹어 치운 엄마의 꿈이 틀림없어 이렇게 아름답다니 나무들이 맑고 부드러운 실핏줄 같아 오색의 솜사탕이 하늘을 채우고 춤추는 금잔디, 향기가 살을 파고 드네 와 이런 곳에 내가 오게 되다니 그런데 이 무덤은 왜 여기 있을까?

손톱은 즐거워

손톱을 깎는다 즐겁다 은밀하다 머리를 감고 목욕을 하
고 마지막으로 손톱을 깎는다 내 몸에 붙어있는 삶의 비
밀들을 가볍게 잘라낸다 들킬 수도 있었던 욕망의 거스
러미, 살의의 핏자국, 생살까지 잘라야 하는 그리움, 톡
톡 대항없이 떨어져 나간다 순간 내 몸뚱이는 완벽해 진
다 나는 열 번째의 손톱을 아쉽게 잘라내며 손톱이 머리
카락 숫자만큼 많다면 얼마나 황홀할까 상상하다가 문
득, 잘라버리는 손톱의 길이만큼 머리카락이 자란다는
느낌이 들었다 없애버리고 싶은 흔적들이 결국 기하급
수적으로 늘어나 머리카락으로 자라는 것이다 내가 손
톱을 잘라내면서 완전범죄자처럼 즐거워할 때 내 머리
키락은 보란 듯이 새로운 욕망을 키우고 원죄를 꿈꾸고
그리움을 숨겨두는 것이다 나는 셀 수도 없는, 쉽게 잘라
버리지도 못하는 머리카락에 경악한다

나는 다시 길어진 손톱을 깎는다 잘려나가는 손톱은 낄,
낄, 포물선을 그리며 한없이 분열해 간다

부처에 대하여

부처의 모습은 다음과 같다
손발이 매우 부드러우며 장딴지가 사슴다리 같으며 온몸의 빛이 황금색이다 몸매가 사
자와 같고 이가 40개이다 속눈썹이 소의 것과 같고 양 어깨가 둥글고 두둑하다 목구멍에
서 맛좋은 진액이 나온다 눈동자가 검푸르다…… 남근이 오므라들어 몸 안에 숨어있는
데 말의 것과 같다

나의 아비는 살아 생전
입산수도가 꿈이었다
얼굴이 부처상이었다고 사람들이 입을 모았다
아비가 죽기 전 나는 비쩍 마른 다리 사이의
남근을 보고 치를 떨었으니
부처가 아님은 확실한 셈이다

부처는 전생 오백 번을 거듭났다
때로는 선계에서 선인으로, 때로는 축계에서
짐승의 모습으로 선을 베풀어
최후에 인간의 모습이 되었다
말의 것과 같은 남근을 몸 안으로 거두어 들이는데
오백 번의 생이 필요했다
그러고도 결가부좌의 힘든 자세로
자신의 불구를 가리고 있는 것이다
제 몸의 피가 남근으로 솟구치지 않도록
고행을 계속하고 있는 것이다

나의 아비는 부처의 얼굴로 태어났으나
남근이 밖으로 나와 있으니
지금 어떤 種으로든 다시 태어났을 것이다
나의 아비의 몇 번째 생의 자식일까
부처의 몇 번째 전생이 아비의 생이었을 까
어쩌면 오백 번을 태어나고도 실패한 생이었을지 모른
다

아비의 남근은 말의 것과 같았다

머리카락을 생각함

내 몸 전체에서 가장 탐스럽고
건강한 머리카락,
이 무성한 원시림이 실은 머릿속에서 나오는
순간 죽은 세포이다
뽑아내고 잘라내도 악착같이 밀고 올라오는
싱싱하고 빛나는 죽음이다

죽음이 어깨위에 걸터앉아 있다
슬금슬금 등으로 가슴으로 기어 내려온다
미친 듯 휘날리며 이내 부드럽게 하늘거린다
내가 일어나면 먼저 곧추서 쭈뼛거린다
내가 걸어가면 앞서 휘적휘적 움직인다
내가 누우면 어느새 먼저 누워 길게 늘어진다

머리를 감는다
젖은 머리카락들이 거품과 손가락에 뒤엉켜
아우성이다, 이 죽음의 의식은 고통스럽다
죽음은 제 몸에 들러붙은 먼지와 세균 따위에
금세 썩는 시늉을 한다
죽음의 눈, 죽음의 날개, 죽음의 촉수가

빛을 잃고 처져버린다
나는 죽음을 아름답게 가꾸기 위해
평생 부역을 치러야 한다

여기저기 머리카락 투성이다
내 식지 않은 피와 눈물이 고스란히 뭉쳐 있다
토막토막 끊어진 길, 시계반대 방향으로 돌고 있는
시린 발이 굴러다닌다
천년 후에도 살아있을 내 허파와 심장이 반짝인다
천년 전 나였던 머리카락이 만들어낸
지금의 나를 본다

수채 구멍이 많다

(저 많은 수채 구멍이 왜 내게 필요한거지?)
(왜 나는 수도 없이 걸러져야 하지?)

부엌이고 우물이고 화장실이고
몸에서 떨어져나간 살과 머리카락
먹다 남긴 잎새들, 냄새, 차디찬 글자들이
성기거나 촘촘한 그물에 걸려
빠져나가지 못하고 엉겨 붙어 있다

욕실의 수채 구멍이 막혔다
작은 쇠그물을 떼어서 뒤집어 본다
온갖 찌꺼기가 암죽 덩어리처럼 썩어가고 있다
구멍의 내벽이 두껍게 더께가 덮여 있다
구멍은 한사코 나를 거부하고 있었다
제 구멍을 막아가며
나를 밀어내고 있었다
한기를 쏟아내고 있었다

내 눈빛이 가다가 꺾이는 허공의 구멍
소리가 되돌아오는 숲의 구멍

죽어 썩어도 뼛골만은 받아주지 않는 땅의 구멍
온 생애를 살고도 물증을 남기는 시간의 구멍

어느 구멍 하나도 무사히 통과할 수 없는
이 커다란 찌꺼기
겹겹의 그물막에 걸린 알몸의 내가
때를 민다 기를 쓰고 나를 밀어낸다
욕조의 구멍이 막히고 있다

경험재생장치

여왕벌은 단 한번의 교미로
일생동안 매일 천개의 알을 낳는다
오직 한번 사랑의 행위로
필요할 때마다 수컷의 정액을
자신의 몸에서 생성해낸다

머리의 촉수를 어제의 기억에 뻗친다
더듬이를 세우고 독침을 몸 안의
경험재생장치에 꽂는다
아편이 퍼지듯 기억이 퍼지고
몸이 움직인다
사랑의 행위는 한치의 오차도 없다
흐려지거나 이물질이 끼어들지 않는다
수컷의 무게가 느껴지고 날개가 부딪치고
꿀이 흘러 내린다
꽃가루에 범벅이 된다
원할 때마다 생생하게 완벽하게
기억이 꿈이 생각이 욕망이
각질을 뚫고
몸 안으로 파고 든다

내게도 그런 게 있다
너와의 사랑으로 나는
지금도 몸이 떨리고 숨이 막힌다
십년 후에도 백년 후에도 너는 나에게
맨살이다 뜨거운 피다
내 사랑은 영원히 맨 처음이다

개에 관한 개 같은 상상

발정 난 수캐가 빨랫줄을 늘어진 팬티스타킹을
갈가리 찢어놓았다
좀체로 뚫어지지 않는 고탄력, 그 미세한
신축성을 보란듯이 뭉개놓았다
강간일까
그렇다면 수캐의 상대가 되어보기로 한다
나는 물어뜯어 만신창이가 된 가랑이를
들여다본다 내가 놓아버린 신경줄과 허물어진
자궁의 길, 널브러진 몸뚱이를
추스려본다, 강간일까
그렇다면 수캐의 행동에서 답을 찾아보기로 한다
수렁에서 허우적거렸는지 온몸에 진흙이 엉기어
안절부절 어쩔 줄 모른다
미친 듯 날뛴다 목 놓아 울어댄다, 언젠가
저 수캐의 어미를 내가 먹었는지 모른다
결 고운, 잘 넘어가는 부위만 골라 게걸스럽게
씹어 삼켰는지 모른다
내 체온과 호흡이 수캐의 몸으로
흘렀는지 모른다
수캐 또한 어미의 피를 울컥 삼켰는지 모른다

제 어미의 자궁 안,
양수 속에서 헤엄치고 싶었는지 모른다
돌아가고 싶었는지 모른다

月經

달이 떠오르고 있다
달이 이 무지막지한 별을 돌고 있다니
나를 돌고 있다니
돌다가 내 그림자에 몸이 가려져
어둠 속에 합일되었다가
내 자궁 안에서 둥글게 차오르다니

달은 저렇게 멀리서도
나를 끌어당겨 썰물지게 하고
마음 놓고 울어 밀물지게 하고

내 주위를 돌고 있는 사내가 있다면
화냥에 겨워 숨이 막히겠다
타오르다가 그 사내와 함께
뭉쳐지다가 불덩이 같은 몸뚱이
하늘 가득 은하수로 흩뿌리겠다

저기 우윳빛으로 쏟아지는 수억의 精氣,
나는 밤새 헛배를 앓으며 뒤척이고
다 비워낸 사내, 하얗게 빈 몸으로 지는 새벽

다리 사이로 흘러내리는
뜨거운 달빛,

다시,
달이 차오르고 있다
내 안에서 둥그렇게 자라고 있다

폐타이어 혹은 망가진,

운동장 한쪽에 속을 텅 비워낸 타이어의
아랫부분이 땅속에 묻혀있다
아이들이 공이 튀듯 탄력 있게 건너뛰고 있다
깊이 휘었다가 이내 원형을 회복한다

여분의 생을 살고 있는 것이 아니다
어디에나 찍혀지는 자국을 지우기 위해
무엇이고 깔아뭉개는 힘을,
몸을 가득 채운 바람을 몰아내기 위해
구르고 굴러왔다
때로 사정없이 내몰리고 처박히며
세상의 길이란 길을 오르내리며
자신의 몸에 덧씌워진 한 생을 벗겨낸 것이다
이제 닳고 닳아
비로소 부드러운 살과 따뜻한 핏줄이 비친다
바람이 빠지고 땅의 기운을 느낀다
자신의 들숨과 날숨으로 살게 된 것이다
어떤 목숨도 온전히,
무엇이라도 둥글게 받아낼 수 있게 된 것이다

타이어의 몸 안에서 나온 햇살이 둥글게 굴러가고
아이들의 뼈가 둥글게 구르다 솟구친다
타이어를 한바퀴 돌아나온 내 시선이
먼 허공에 둥근 우주 하나를 만든다
나를 따라 도는 별이 동그라미를 그리고 있다

허공이 나를 삼켰다

천장 위에서 쥐가
밤새도록 허공을 갉아댄다
허공이 얼마나 어두운지 까만 똥이 떨어진다
얼마나 무거운지 천장이 불룩 처져 있다
허공의 이음새가 벌어지고
얼룩이 져 있다

온몸이 가렵다
허공의 가죽에 붙어 기생하던 이가
내 몸에 옮겨 붙어 물어 뜯는다
아무리 긁어도 가려움은 끝이 없다
아무리 찾아도 이는 안 보인다
살갗으로 스며든 허공이
벌겋게 부어 오른다

천장에 갇힌 허공이
날카로운 비명을 지른다
꾸역꾸역 허공의 새끼들을 배설한다
저 새끼들은 천지사방 기어다니며
허공을 퍼트릴 것이다

땅속에도 허공의 길을 뚫을 것이다

천장이 무너질 것 같다
딱딱하게 뭉쳐진 허공덩어리가
물에 가라앉듯 나를 덮칠 기세다
온 몸이 아가리인 허공은
순식간에 나를 삼켜버리고
소화액을 분비할 것이다

그 여자의 치마 속

— 시인 이성옥

난 알지
그 여자의 치마 속을
11월 맨드라미 같은 그 여자의 우단치마 속
겹겹으로 껴입은 속옷을

그 여자의 속옷은 고무줄이 다 끊어져 있다네
오줌을 눌 때 그 여자
몇 겹의 속옷을 질끈 묶은 하나의 끈을
풀어야 한다네
그리하여 난 보았지

그 여자의 치마 속 겹겹의 속옷 사이사이
우리들이 버린
재투성이 인형을
아직 덜 고쳐진 목발을
스무 살에 떨어진 멍든 별똥과
휘청이는 대전 부르스
눈 뜬 사생아

집 없는 고양이는 순산을 하고 떠나고

난 들어가 보았지
양수 가득한 水深
11월 맨드라미 같은 그 여자의 자궁 속을

내 방 앞 목련

　어느 무당이 내가 시집 못가는 이유를 방 앞의 목련 때문이라고 했다 식구들은 목련나무를 뿌리 채 뽑아버릴 듯 몰아부쳤다

　나무가 어렸을 때 나는 꽃송이를 세며 놀았다 대낮이고 한밤중이고 문 활짝 열고 나가 그 아래 궁둥이를 까고 주저앉았다 오줌발도 세었다 나무는 가지를 양쪽으로 벌리며 힘 있게 자랐다 내 방을 다 가리고 지붕을 넘었다 방은 불을 때지 않는 아궁이처럼 습해졌다 한나절이 되도록 나른해서 좋았다 보이지 않는 그의 뿌리는 내 방 깊숙이 침범해 있으리라 나는 정오 무렵 베개를 나뭇가지 사이에 올려놓았다 그는 팔을 오무려 베개를 가슴 가까이 끌어 안았다 그때마다 꽃눈이 솟아올랐다
　오후가 되면 나는 나무가 만들어 놓은 그림자를 건너 내가 나무가 되어도 좋은, 나무가 사람이 되기도 하는, 우리의 한 세상을 살다 다시 내 방 안까지 이어진 그림자를 건너 되돌아 온다
　지금 세어보면 수백송이가 넘을까 감당할 수 없이 꽃이 피었다 그 유백의 꽃잎이 일제히 나를 향해 날아와 문 앞에 수북이 굴복한다 마침내 방에까지 헤엄쳐 들어와

착상에 성공한다 그때쯤 어김없이 몸살을 앓았다 나는
잔 기침소리를 내는 그의 밤이 늦도록 좋았다 달이 밝으
면 그의 나체는 힘줄이 팽팽하게 당겨지고 나는 밤새 암
내를 풍겼다

세포들이 흩어져

손이 닿아야만 켜지고 꺼지는
책상 위 불이 저절로 툭 꺼진다
손가락을 대니 다시 들어온다

방안을 떠도는 내가 아닌 나,
끈적한 땀과 살에서 떨어져나간 먼지
이불 속에 한나절이 넘도록 도장처럼 찍혀있는
모습과 체온, 이런 게 자라고 있다
피곤에 지친 틈을 타
일순 나보다 큰 힘으로 뭉쳐져
불을 건드리는 내가 있다
몸에 남아있는 나보다
몸을 이탈한 내가 더 커지고 있다

누가 나를 건드린다
매일 밤 나는 캄캄한 심연 속으로 떨어진다
문이 닫히고 빗장을 걸 듯 나는 폐쇄된다
아침마다 툭, 누가 나를 건드린다
하품과 기지개로 몸이 열린다
어두운 몸 속 환하게 불이 켜지고

차가운 핏줄이 따뜻하게 차오른다

스탠드 센서를 건드린 내가 아닌
점점 커지고 있는 나
누군가 나를 건드리던 손끝이
언젠가 나보다 더 커버린 나를
건드리겠지, 새로운 별이 떠오르겠지

다 써버려 불이 들어오지 않는 전구가,
골수를 비워내고 검게 변해버린 뼈가,
문 밖에서 삭아가고 있다

토성 근처

누워 있다
자정이 넘은 시간,
창밖으로 뿌옇게 들어오는 이 빛은 무얼까
벽을 타고 흐르는 소리는 무얼까
피가 떨어지는 것일까
내 몸에서 무언가 한꺼번에 쓸려 내려간다
천장에서 수증기 알갱이가 흩어진다
견고한 어둠이 부서지고 허공이 길을 열고 있다
내 몸을 고치처럼 감싼 빛에 의해
나는 들리워진다, 수소풍선처럼 둥둥 떠간다
별 부스러기들이 내 몸에 부딪쳤다 산화하기도 하고
스며들기도 하면서 몸이 투명해진다
가벼워진다 내 몸의 찌꺼기들이 빠져나간다
어디일까, 토성의 중심일까
아주 작은 위성이 나를 돌고 있다
내가 누군가의 고리가 되어 돌고 있다
서로 서로 돌면서 어우러진다
몸 안으로 무언가 차오른다
아랫도리가 뻐근하다 몸이 솟구친다

길 건너 가로등이 빛을 다하고
옆집에서 물 트는 소리, 윗집에서 변기
내리는 소리, 계단 오르내리며 쿵쾅거리는 새벽,
나는 다른 種을 잉태했다

별

해질녘이면
내 가슴 속의 그대가
어느새 빠져나와
긴 그림자로 마주섭니다

가슴은 이내
뜨거운 노을로 가득 차고
이번엔 내가
그대 가슴으로 들어갑니다

우리 서 있던 자리
어둠에 싸이고
별 하나
반짝입니다

맨살의 우주

엄경희 (문학평론가)

> 나는 매일 모래의 은빛 솜털과 교미하고 흔
> 들리는 꽃잎 속 젖은 수술과 교미하고 떨어
> 지는 별똥별의 마지막 빛살과 교미한다 저
> 것들, 들판의 저것들, 숲속의 저것들, 바다
> 의 저것들, 하늘의 저것들, 모두 나와 놀아
> 난 잡종들이다
>
> — 「저 청딱따구리」 중에서

1. 허공의 몸

자신에 관한 생생한 존재의 의미를 확보하기 위해 인간 존재가 할 수 있는 일은 무엇인가? 이는 일차적으로 자기 자신을 내상으로 삼는 과성에 의해 가능해진다. 그런데 자기 자신을 대상으로 삼는다는 것이 과연 가능한가? 수많은 철학적 물음들이 이 문제에 집요하게 헌신해 왔음을 우리는 정신사적 흐름을 통해 확인할 수 있다. 정신과 마음, 영혼, 그리고 몸에 대한 통찰이 그것이다. 그러나 주관과 객관, 비가시성과 가시성, 정신과 몸, 있음

과 없음의 문제가 서로 뒤엉켜 있는 존재론적 성찰은 개
념적 규정을 벗어나 잔여의 의미를 여전히 지니고 있다.
그 잔여로서의 의미가 인간 존재의 본질이며 매혹인지
도 모른다. 규정성을 벗어난 존재의 의미 속에는 광기와
비애와 꿈을 향해 가는 한 개체의 비밀스러운 시간의 서
사가 담겨 있다. 마음과 몸과 세계가 일치와 불일치를 반
복하는 과정이 인간의 생이라면 마음이든, 몸이든, 혹은
세계이든 그 어떤 단일한 개념으로 인간을 규정하는 것
은 불가능할 것이다. 마음과 몸과 세계는 그것이 서로를
배반하는 과정에서조차 상호 의미적인 것이다.

　채필녀의 시는 표면적으로 '몸' 이라는 화두를 두드러
지게 드러내는 특징을 지닌다. 그런데 그가 강조하고 있
는 신체성은 결코 몸의 문제에 한정되지 않는다. 그의 몸
상징은 욕망과 열정과 비애를 분비하는 내분비선이다.
가눌 수 없는 존재의 허기와 고통이 이 내분비선을 타고
세계 밖으로 외출한다. 그것은 빈번하게 에로틱한 장면
으로 연출되곤 하는데, 거기에는 외로운 자의 심연이 가
로놓여 있다. 그에게 외로움은 몸을 강렬하게 만드는 에
너지이며, 몸의 강렬함은 하나의 우주를 삼키는 더 큰 에
너지로 기능한다. 그 안에서 그는 한 존재의 실존적 죽음
또한 인각(印刻)한다. 한편 생생하게 자신이 살아있다는
사실을 거듭 확인하는 이 같은 절차는 존재의 내분비선
이 '허공' 으로 이루어져 있다는 시인의 의식성에 의해
견지된다. 채필녀에게 '허공' 은 자신을 삼켜버리는 소
화액(「허공이 나를 삼켰다」)이며, 생을 굴러가게 하는

128

(「공 속의 허공」) 고단한 에너지이기도 하다. 즉 허공은 존재의 허기이며, 욕망이며, 열정의 가능태이다. 그것은 부정할 수도 긍정할 수도 없는 존재의 중심인 것이다. 그런 의미에서 허공은 그에게 마음이며 몸이다. 시인은 이 허공의 깊이를 해체하거나 채워야할 생의 과제를 안고 있는 것이다. 그런데 시인의 열정적 지향이 허공을 해체하는 쪽보다 우주를 잉태할 수 있는 거대한 자궁의 의미로 방향지워져 있다는 사실에 주목할 필요가 있다.

2. 진흙 눈물의 여자

하나의 허공 신체가 온전한 생명의 방이 되기 위해서는 불순한 것들이 제거되어야 한다. 그때 욕망은 채움이 아니라 생성이라는 긍정적 의미를 갖게 된다. 생성하는 몸이 되기 위해 시인은 자기 자신을 닦아내지 않으면 안 되는 것이다. 채필녀의 시에서 자주 발견되는 체액들과 그것에 대한 배설 욕구, 혹은 정화 욕구는 이와 무관하지 않다. 그는 "세상은 나를 소화시켜주지 않아 나는 한 덩어리의 토사물"(「양수를 찾아서」)이라고 고백한다. 그는 피고름덩어리의 눈물(「눈물샘 터지다」)과 짐처럼 느껴지는 오줌(「석남사에서」)을 콸콸 쏟아낸다. 비밀스럽게 자라는 손톱(「손톱은 즐거워」)을 자르고, 피와 눈물로 뭉쳐진 머리(「머리카락을 생각함」)를 감는다. 그리고 자신의 찌꺼기의 흔적인 파리똥(「파리」)을 응시한다. 즉 "밖

에서 안으로 들어오려 했던 것들/이를테면, 거친 먼지를
뒤집어쓴/지친 관념들/안에서 밖으로 나가려 했던 것들/
이를테면 땀에 젖어 축축한 욕망들을/분리하고 헹구어"
(「빨래는 엄숙하다」)내는 자기 정화의 과정을 거듭하! 있
는 것이다. 그러나 그는 여전히 "섬이 남긴 많은 양의 진
흙"(「섬, 아틀란티스」)을 마음에 지니고 있으며, 소름으
로 뭉쳐진 까맣고 큰 젖꼭지(「소름끼치는 여자」)를 가슴
에 달고 있다. 이것이 그의 존재론적 무거움이다.

> 내 눈빛이 가다가 꺾이는 허공의 구멍
> 소리가 되돌아오는 숲의 구멍
> 죽어 썩어도 뼛골만은 받아주지 않는 땅의 구멍
> 온 생애를 살고도 물증을 남기는 시간의 구멍
>
> 어느 구멍 하나도 무사히 통과할 수 없는
> 이 커다란 찌꺼기
> 겹겹의 그물막에 걸린 알몸의 내가
> 때를 민다 기를 쓰고 나를 밀어낸다
> 욕조의 구멍이 막히고 있다
>
> ── 「수채 구멍이 많다」 부분

　　채필녀에게 '구멍'은 '무사히 통과할 수 없는' 닫힌
문이며, 함정이다. 구멍 앞에서 배설은 막히고 정화의 욕
구는 좌절된다. 배설과 정화가 이루어지지 않을 때 존재
는 무거워지고 생은 지리멸렬해진다. 존재는 찌꺼기가

되고 토사물이 되는 것이다. 삶 속에서 마주치는 수많은
비극과 사건, 그것으로부터 촉발되는 분노와 비애, 슬픔
은 시간의 구멍을 빠져나가지 못한 채 '욕조의 구멍'을
막고 그를 고통 속으로 몰아가고 있는 것이다. 시인의 시
적 자아가 자주 미궁에 빠지는 이유가 여기에 있다.

나는 거울을 뽑아 내 안의 모퉁이 여기저기에 세워 놓는
다. 거울은 터질 듯 부풀어 오른다 소화되지 않은 섬유질
의 길이 구부러진 채 생생하게 들여다 보인다 몸이 온통
길로 채워져 있다 화분 속 뿌리처럼 내안을 휘휘감고 길
이 길을 돌고 있다 내 최초의 길인 탯줄이 붉고 파리한 울
음을 담고 양수에 젖어있다 작고 가벼운 보폭이 자갈처럼
촘촘한 푸른 길이 흔들리고 있다 나를 원하는 만큼 분열
시켜 거울의 이쪽과 저쪽에 동시에 세워본다 맨발의 아
이, 부스럼투성이의 정수리, 목덜미가 새카맣게 타버린
아이가, 소와 염소가 뜯어먹어 낮고 긴 담처럼 군데군데
무너진 길에 서 있다

길에 뿌려진 말들이 깨어진 그대로 날을 세우고 있다
쏟아진 푸른 하혈이 스며들지 못하고
진흙구렁에 고여 있다
각기 다른 색의 나이테를 두르고 있는 나무가
얕은 뿌리로 기울어 있다

—「길은 소화되지 않는다」 전문

길의 본질적 속성은 움직임이며 소통이다. 그러나 채 필녀의 길은 '소화되지 않은 섬유질'로 가득 고여 있거나 '소와 염소가 뜯어먹어 낮고 긴 담처럼 군데군데 무너진' 정체된 길이다. 이때 '나'의 뱃속에 가득 고여 체중을 일으키는 막힌 길들은 기억과 관련해 있다. 파리한 울음, 맨발, 부스럼, 새까만 목덜미 등의 이미지가 환기하는 기억의 파편들은 어둡고 처연한 느낌을 자아내고 있다. 더 사실적으로 접근해본다면 이는 '가난'이라는 불행한 생의 조건과 맞물린다. 여기서 중요한 것은 가난이 아니라, 그의 길을 막고 있는 기억들이다. 그렇기 때문에 날을 세운 말(유리), 하혈, 불안하게 서 있는 나무 등에 의해 이루어진 길의 풍경이 기억으로 상처받은 시인의 내면이라는 사실을 짐작할 수 있다.

불행했던 기억은 우리를 결박하고 미래의 시간을 삼켜버릴 가능성을 갖는다. 문제는 기억이 의지를 벗어난 영역이라는 점이다. 시인의 시적 자아가 피고름과 토사물이 되고 마는 것은 이와 관련한다. 의지만으로 밀어낼 수 없는 기억들이 그의 내부에서 체중을 일으키고 있는 것이다. 시인은 그의 다른 시 「사방연속무늬」에서 "사각의 바람이 모로 서서 박혀 있다/사각의 발자국이 사각의 금에 걸려 넘어져 있다/사각으로 갈라진 빛살이/온통 사각의 거미줄로 허공을 얽어맨다//천장의 저 무늬는 죽지 않는다"고 말한다. 시 「에스컬레이터」에서는 "계단 하나하나가 꼭대기이며 밑바닥"인 어두운 순환로를 들여다본다. 그리고 시 「자장면 배달은 상징찾기이다」에서 "우

리 집 지도를 그릴 길이 막막하다 길이 없다"고 그는 고
백한다. 결국 채필녀의 배설과 정화의 욕구는 이 같은 밀
폐된 공간의 외로움을 벗어나 길을 소통시키고자 하는
욕망과 맞닿아 있음을 알 수 있다. 진흙 같은 눈물을 걷
어내고 고립된 존재성을 친화의 세계로 밀고 가고자 하
는 것이 그의 시적 지향인 것이다. 채필녀의 에로티즘적
상상력은 이로부터 생성한다.

3. 생성을 꿈꾸는 파괴적 에로스

채필녀의 시에서 발견되는 에로스적 이미지들은 표면
적으로 사디즘적으로 보인다. 대상을 훼손하고 파괴하
는 광포한 힘으로서의 신체 결합이 자주 발견되기 때문
이다. 예를 들면 천만볼트의 절정의 자궁 안에서 감전사
한 전기공(「저 등나무」), 풀들의 피비린내를 즐기며 바람
난 남자의 성기를 자르듯 낫질을 하는 나(「낫질하는 여
자」), 발정 난 수캐가 자신의 가랑이를 갈가리 찢어놓는
상상(「개에 관한 개 같은 상상」), 죽음의 앵두 과수원에
홀린 사람들(「나병춘네 앵두나무」) 등이 그러하다. 이와
같은 시편은 잔혹한 영웅적 주체가 무기력한 희생자를
향해 약탈, 폭행, 씹기, 공격 등을 행함으로써 지극한 쾌
락에 도달하는 사디즘적 시나리오로 오인될 수 있다. 그
러나 채필녀의 에로티즘적 상상력은 본질적으로 사디즘
적 에로스와 구별된다.

사디즘적 에로스는 육체에 가하는 폭력을 최대한 고양
시킴으로써 쾌락에 도달하며, 반사회적 위반 행위를 상
상함으로써 관능을 자극한다. 이러한 사디즘적 에로스
에는 타인에 대한 배려 따위는 거짓이라는 '이기적 인간
본성'에 대한 철학적 탐구가 담겨 있다. 따라서 사디즘
적 에로스가 드러내는 잔인하고도 파괴적인 행위는 오
로지 성적 영웅의 쾌락을 위한 것일 뿐이다. 즉 희생자는
희생자일 뿐 그 이상의 의미를 지니지 못한다. 타자에 의
한 수태나 존재의 생성이 사디즘적 에로스에서 배제되
는 까닭이 여기에 있다. 반면 채필녀의 파괴적 에로스는
이 같은 쾌락의 원리와는 다른 차원을 형성한다. 그의 에
로스는 궁극적으로 잉태와 생성을 향해있다.

저 살갗이며 피이며 심장이며 자궁인 모래,
어디를 만져도 몸이 달아, 숨이 막히는
뜨거워, 벌거벗은 채 수없이
체위를 바꾸는 여자
팔과 다리는 바람과 함께 떠도는
불구, 천형의, 일어나지 못하는 여자
상상임신으로 늘 배가 둥글고
젖가슴이 홀로 흔들리는 여자
짓밟는 발자국을 신기루로 유혹해 쓰러뜨리고
하얗게 삭아가는 뼈와 몸을 섞는
등골이 오싹한 여자
가도 가도 메마른, 끝이 없는 여자

낮 동안 빨아들인 해의 열기, 해와의 정사를
싸늘하게 식혀버리는 밤,
살아있는 씨를 감추고
한 방울의 비를 기다리며
초원을 꿈꾸는 여자
가끔 모래폭풍을 일으켜 세상 끝까지 정복하는
여자, 원래 녹색의 땅이었던,
누워있는 그 자리가 전생이며 내생인
때가 묻지 않는 여자
심연 깊숙이 푸른 오아시스를
숨기고 있는,

—「사막 여자」 전문

　이 시에서 여성성으로 상징되는 '사막'은 '발자국'을
쓰러뜨리고 '모래폭풍을 일으켜 세상 끝까지 정복'하는
사나운 여신의 이미지를 드러낸다. 그 사나움 속에는 홀
로 떠돌며, 죽은 자의 뼈와 몸을 섞는 고독함과 음울함이
함께 내포되어 있다. 메마르고 거대한 사막의 육체는 광
포하게 죽음과 열기를 불구의 몸 속으로 빨아들이고 있
는 것이다. 그러나 이와 같은 정복자의 내면은 파괴적이
지 않다는 사실에 주목할 필요가 있다. '살아있는 씨를
감추고/한 방울의 비를 기다리며/초원을 꿈꾸는 여자'
는 그 메마름의 심연에 '푸른 오아시스'를 갖고 있는 생
명체이기 때문이다. 양수로 의미화할 수 있는 오아시스
는 그녀의 꿈이 응축되어 있는 생명적 수분인 것이다. 거

기서 씨는 자라고 불모의 몸은 생명적인 것으로 전환한다.

　죽음을 빨아들여 생명으로 바꾸는 시인의 에로스적 상상력은 그의 시에서 반복적으로 변용되어 나타난다. 잘려나간 목련을 보고 시인은 "목련둥치를 남근목이라 부르기로 했다./기꺼이 내 자궁 안에 받아들이기로 했다./내 몸에서 꽃을 피우고/잎새 흔들기로 했다."(「내 방 앞 목련 2」)고 다짐한다. 가시풀을 베어내며 "온몸에 무섭게 달라붙은 게 있다/씨다, 까맣고 단단하게 영근 씨, 나는 여태/추수를 한 셈인가"(「낫질하는 여자 3」)라고 말하기도 한다. 이 모두는 죽음의 상사(相思)를 통해 생명을 얻는 구조를 드러낸다는 점에서 공통적이다.

　여기서 다시 '토사물'로서의 그의 존재성을 상기할 필요가 있다. 진흙과 눈물, 피, 고름, 오줌, 손톱, 머리카락 등은 생명체로부터 생성된 죽음들이다. 이 죽음들이 삶을 밀폐의 공간으로 밀어 넣고, 존재를 고립시키는 요인이라면, 이것이 생명을 보존하고자 하는 자의 무거움이 되는 것은 당연한 일이다. 죽음의 배설물을 허공(자궁) 속에서 양수로 바꾸는 일, 즉 모래를 오아시스로, 죽은 나무를 꽃으로, 베어낸 가시풀을 씨앗으로 전환시키는 상상력이 채필녀의 에로티즘을 끌고 가는 시적 지향이라 할 수 있다. 따라서 그의 시에 간혹 드러나는 '죽음'은 통과제의적 의미로 해석할 수 있다. 아울러 그의 에로스적 상상력의 기저는 파괴가 아니라 재생이며 부활이며 생성이라 할 수 있다.

4. 우주적 화간(和姦)

  죽음의 배설물을 정화하고자 하는 욕망을 헹구기, 쏟기, 자르기, 낫질하기 등으로 표현하고 있는 채필녀의 에로스적 상상력이 새로운 생성과 부활에 이르기 위해서는 하나의 단계를 더 필요로 한다. 헹구기, 쏟기, 자르기, 낫질하기에 의해 몸 속의 허공을 맑게 비움으로써 온전한 자궁을 얻었다면, 이 수태의 공간은 서로 다른 원소들의 결합을 위한 준비 단계를 마친 것이다. 이제 자궁을 가득 채우는 경이로운 사건이 필요한 것이다. 그의 시에서 다른 원소들과의 결합은 빈번하게 우주적 상상력에 의해 촉발된다. 여기서 한 가지 짚고 넘어가야 할 것은 에로틱한 우주적 상상력이 우리 여성시인들에게 흔히 나타나는 특성이 아니라는 점이다. 1980년대 이전의 여성시는 주로 자신의 내면탐구를 전통적 서정성을 바탕으로 고백하고 있는 것이 대부분이다. 한편 1980년대 이후 주목받았던 많은 여성시인은 억압된 몸을 화두로 삼은 것이 사실이나, 이들의 상상력의 범주가 일상과 부조리한 사회와의 투쟁적 관계에 묶여 있음을 발견할 수 있다. 물론 이러한 현상에는 페미니즘이라는 사회적 기류가 크게 작용하고 있음은 재론할 필요가 없을 듯하다. 그런데 문정희나 김선우와 같이 예외적 경우가 있긴 하지만 이 모두에게서 동일하게 발견되는 것은 우주나 자연에 대한 상상력이 남성시인에 비해 상대적으로 매우 빈약하다는 점이다. 이는 여성적 삶의 양태에 대한 사회학

적 접근을 필요로 하는 대목이라 할 수 있다. 이 같은 여
성시의 특징에 비추어본다면 채필녀의 우주적 상상력은
매우 특이한 경우라 할 수 있다.

독이 내 몸에 들어와
수백 가지 달콤한 꿀로 풀어지고 있다
솜털 끝에 꽃가루가 맺히고 있다
정오의 꽃밭이 펼쳐지고 있다
뜨거운 기운이 등줄기를 타고 미끄러진다
마른 우물이 찰랑거리고 있다
약이 되고 있다

— 「벌에 쏘이다」 부분

저기 우윳빛으로 쏟아지는 수억의 精氣,
나는 밤새 헛배를 앓으며 뒤척이고
다 비워낸 사내, 하얗게 빈 몸으로 지는 새벽
다리 사이로 흘러내리는
뜨거운 달빛,

— 「月經」 부분

지금 세어보면 수백송이가 넘을 까 감당할 수 없이 꽃이
피었다 그 유백의 꽃잎이 일제히 나를 향해 날아와 문 앞
에 수북이 굴복한다 마침내 방에까지 헤엄쳐 들어와 착상
에 성공한다 그때쯤 어김없이 몸살을 앓았다 나는 잔 기
침소리를 내는 그의 밤이 늦도록 좋았다 달이 밝으면 그

의 나체는 힘줄이 팽팽하게 당겨지고 나는 밤새 암내를
풍겼다

—「내 방 앞의 목련」 부분

견고한 어둠이 부서지고 허공이 길을 열고 있다
내 몸을 고치처럼 감싼 빛에 의해
나는 들리워진다, 수소풍선처럼 둥둥 떠간다
별 부스러기들이 내 몸에 부딪쳤다 산화하기도 하고
스며들기도 하면서 몸이 투명해진다
가벼워진다 내 몸의 찌꺼기들이 빠져나간다

—「토성 근처」 부분

위에 인용한 네 편의 시는 모두 시적 화자와 자연물이
융화하는 공통점을 보여주고 있는데, 「벌에 쏘이다」에서
는 벌의 독이, 「月經」에서는 달빛이, 「내 방 앞의 목련」에
서는 유백색 꽃잎이, 「토성 근처」에서는 별 부스러기들
이 화자의 몸 속으로 유입되고 있음을 보여준다. 그의 다
른 시 「야생의 텃밭」이나 「神話」 「복사꽃」 「저 배나무」」
「저 청딱따구리」 등도 이와 비슷한 발상을 드러내고 있
는 예이다. 채필녀의 에로스적 상상력은 우주적 기운을
자신의 몸에 받아들임으로써 메마른 우물을 '찰랑거리'
게 하고 뜨거운 '정기(精氣)'로 넘쳐나게 한다. 때로 그것
은 '몸살'을 일으키기도 하고 몸을 '투명'하게 만들기도
한다. 새로운 기운과 합일함으로써 텅 빈 허공은 이전과
는 전혀 다른 우주적 변화를 겪고 있는 것이다. 잔기침과

찌꺼기는 몸 밖으로 빠져나가고 꿀과 꽃가루와 별가루가 그의 몸 속에 착상하면서 우주를 잉태한 우주 신모(神母)를 부활시키고 있는 것이다. 이 같은 채필녀의 상상력은 에로스적이이면서 동시에 모성적이라 할 수 있다. 이는 모성성과 에로틱한 상상력을 분리해서 생각해 왔던 우리의 일반적 인식을 갱신시키는 부분이기도 하다. 즉 희생과 헌신으로 고갈된 모체가 아니라, 에로틱한 모체를 우리는 새롭게 만나고 있는 것이다. 이 또한 다른 여성시인들이 드러내는 모성성과 변별되는 점이라 할 수 있다.

5. 에로티즘의 근원으로서 외로움

모든 강렬한 에로티즘적 상상력의 이면에는 고독하고 외로운 존재의 초상이 드리워져 있다. 채필녀의 에로스적 상상력 또한 마찬가지이다. 그는 저 거대한 우주와 통정하고, 꽃과 풀과 나무와 화간하는 우주 신모의 몸을 빌어 자신의 외로움과 고독을 이야기한다. 그 고독의 허방을 채우고 있는 무수한 우주적 몸들은 아름답다. 그런데 우주적 화간이 빛날수록 나는 이 시인이 지닌 고독의 무게를 생각하지 않을 수 없다. 시를 통해 보여주고 있는 우주 만물의 동물적 친화력이 강하면 강할수록 현실 속에서의 그의 고독감은 더 클 것이다. 그의 에로스적 몸이 처연함을 환기한다면 이 때문일 것이다. 그러나 이것이

에로티즘의 근원적 동력이다. 고독하지 않은 자는 몽상하지 않는다. 고독하지 않은 자는 굳이 에로스를 꿈꿀 필요가 없다. 토사물로서의 비천한 존재성을 넘어서 우주적 자궁에 이르는 일련의 상상 과정이 가능할 수 있었던 것은 고독한 자아를 부정하지 않았던 내적 힘 때문이다. 자기 고독을 긍정하는 힘, 자기 외로움을 받아들이는 자유주의자의 꿈이 여기에 담겨 있다. 이것이 사랑에 대한 동경과 새로운 존재 전환의 의식으로 이행해 가고 있는 것이다. 근래 한국을 떠나 필리핀으로 이사 간 그에게 외로움은 미래의 시를 낳는 커다란 에너지가 되리라 생각한다. 이제 그는 타국에서 더욱 뜨거운 마음으로 모국어를 씨앗처럼 품어낼 것이다. ◐